纳秀艳，笔名素儒，青海湟中人。九三学社成员，陕西师范大学文学博士，青海师范大学文学院教授，硕士生导师。现居西宁。

今生与文学结缘，

读书、教学、写诗、相夫教子，

不过如此。

我在《中国人的心灵·死亡与爱情》里，有这样一段话：

在中国人的观念里，诗歌是生活的伴侣，甚至就是我们的日常生活，它不但不远离我们的生活，事实上，它就是我们生活的一部分，是我们丰富的生活内容之一。比如说，假如我们今天要去赴朋友的约会，在约会时我们会交谈、宴饮、游玩；兴致来了，我们也许还会写诗、吟唱，或者，在活动安排里早就有了这一项。值得注意的是，这写诗吟唱也就是今天诸多活动中的一项而已，它并不特殊，并不高于其他项活动，比如交谈、宴饮。

于是我们就可以这样来解读中国诗歌史：它既是我们的精神史、心灵史，也是我们的生活史；既是我们内心隐私、情感的表达与精神的流露，也是我们日常生活的反映。

正是因为这种诗歌创作生态，中国古代诗歌的创作并不需要那种意识形态的崇高，不需要贵族的那种经典的训练，甚至也不需要那种艺术的专门训练和艺术门槛——它需要的往往就是一点情绪和一些天赋（严羽《沧浪诗话·诗辨》："夫诗有别才，非关书也；诗有别趣，非关理也。"）。在中国古代的文体种类中，散文是崇高的，因为它承担着"道"，要代圣贤立言，要表达国家意志，呈现集体伦理。而诗歌呢，虽然其鼻祖《诗经》被称为经典，属于"王道"的一部分（在传统儒家的观念里，《诗经》的著作权是属于"王"的），但紧随其后的屈原及其惊采绝艳的"楚辞"，却使诗歌成为个人情怀的抒发。从此，个人性取代了群体性，民间取代了朝廷，诗歌不再是《诗经》这样的王者政治，而是屈原这样的个人吟唱——诗歌成为精神个体的生活记录工具和个人情绪感受的发表形式。所以，我们看到，在中国，尤其是中国古代，散文创作，需要身份，需要一种架势，需要儒家经典的训练和引用，需要公共价值观的正确，是一个人的公共生活和社会形象。而诗歌创作，几乎不要身份，文人骚客固然是创作主流群体，僧侣道人，武人倡伎，引车卖浆之流，都可以加入合唱，只要内心有感，发声有韵，都可以借诗言志抒情，嘉会寄诗以亲，离群托诗以怨，无所不可；一声何满子，可使双泪落君前；五噫出西京，亦是慷慨泪沾缨。它是一个人的私人生活和隐私记录。

个人性（私人性）、生活性（记录性、写实性）、应用性（酬唱往还）、抒情性（情绪化而非理性化），以及由此而来的非主流非公共价值观表达（不为表达主流价值观而创作、选题甚至虚构情节）等，是中国传统诗歌的最突出特点，与西方诗歌传统包括各民族史诗传统的叙事性、虚构性、主题性、主流性、公共性相比，显得非常独特。

中国传统诗歌的这些特点，能够使我们日常的、琐屑的、程序化的生活获得诗意，获得人类的情绪和审美观照，并且，能够得以升华，使我们看到平庸中的价值，平淡中的诗意，平常中的奇迹。

我之所以想起旧文，并写下这一段，是因为我读到了纳秀艳教授的《素儒诗选》。

显然，纳教授这部诗稿的创作，是非常传统和典型的中国古代士大夫的精神生活方式——你没看错，我说的就是这个意思：不是说纳秀艳教授过着古代士大夫的生活，而是她的诗歌创作，完全承继了中国古代士大夫的生活记录方式和精神呈现方式。而且，更重要的，这种古典形式的诗歌创作本身，不仅是她生活的一部分——由此她的生活，除了一般人日常所有的那种烟火红尘，还有诗歌创作——而且，诗歌创作也是对她生活的反思。也就是说，对她来说，诗歌创作，不仅是她的生活，还是她对生活的思考。一边活着，一边对"活着"这个事实进行诗性记录和反刍，她的生活，由此成了黑格尔所说，经过"心灵过滤"的生活。

纳教授的诗歌创作，提醒我们，诗歌创作的意义：是使我们看清生活，使生活中那些看不见的被看见，感知不到的被感知，无温度的有温暖，无光亮处有光明。无情者有情，无感者有感，无我者有我，乃至无伤处有血，无血处有泪，无泪处有痛，无痛处又有伤……哲学一点说，是使人生的本质得以呈现，使人的生活获得人的本质。

看纳秀艳教授这部诗集，我们看到了她的日常生活，以及她对生活的诗意化理解，我们还看到了她的内心，她内心的生活。应该说，作为一个大学教授，又身处承平之世，她的生活是相对平缓的，也是程序化乃至格式化的。但我们在她描述的自然、叙述的友情和亲情（她写母亲的诗有 14 首之多）、她的交游、她对街市的观感和对自己大学教学生活的记录中，还是看到了在平静的表面泛出的生活涟漪，那种对生活和生命的心灵观照、智性思辨和德性鉴定，一个知识女性对生活的理解、反思与洞察。

我们不能没有对生活的反观和反思。没有思考的生活和没有对生活的思考，无论如何，不是人类的生活，从这个角度说，当人类拿起诗笔，人类就获得了人类的生活。

在纳秀艳教授的诗歌创作中，我们还看到两千多年诗歌传统的强大——它几乎毫不费力地就让一个生活在现代社会中的现代知识分子，驾轻就熟地使用古老的方式，来表达现代的精神和情感，呈现现代的生活，并使自己的生活和生命获得人类性。这种古老的诗歌形式，在让现代人由之表达自我的同时，也通过现代人，延续自己的美学生命。

在我对纳秀艳教授的诗稿先睹为快之后，希望读到我这篇序言的朋友，读一读纳秀艳教授的诗歌，并从中获得这样的认知：写诗，不是生活中的艺术，而是人类生活本身。

壬寅年九月于上海偏安斋

唱给宇宙最淳朴的情歌

　　壬寅秋初，纳秀艳教授寄来了将要出版的《素儒诗选》，嘱我作序，我虽然研究诗词，平日兴致来时也写上几首小诗，虽自知能力不足，只是近些年来一些诗人经常私下诟病文学院的教授不会写诗，显然是一叶障目，于是接下了这份苦差事，用了近一个月的时间，细细品读纳教授"唱给宇宙最淳朴的情歌"，以下便是读后之感。

　　从虞舜的"南风之薰兮，可以解吾民之愠兮；南风之时兮，可以阜吾民之财兮"，到诗三百，再到唐宋，一直到现在，在诗歌的长河中出现了很多优秀作品，也涌现了一批批著名的诗人。这其中，衡量一个诗人的最佳标准就是看他诗歌展现的情怀，无论是写景、叙事都体现在一个"情"字上，或关乎家国的"故国不堪回首月明中"，或关乎人生的"长风破浪终有时，直挂云帆济沧海"，或关乎自然的"风急天高猿啸哀"，无一例外。而我读纳秀艳教授的诗，对亲人的思念，对师恩的难忘，对友情的眷恋，都跃然纸上。其中最让我难忘的是她对母亲的思念，竟有十数首之多，其中有一首歌行，题目是《母亲去世十周年祭日抒怀》，全诗如下：

秋风骤起黄叶地，远影霜天孤雁回。

横扫故园霜满地，眼前亲冢意成灰。

一别慈颜十年梦，遍尝甘苦病相欺。

念我高堂多磊落，懿德嘉行好风姿。

冷眼看尽人间事，万千心悸独低眉。

归去飘零苦作舟，饮尽西风不解愁。

寂寥寒窗凭谁问，青天如水水自流。

常忆儿时明月夜，依偎母怀醉红楼。

慧心幸有凯风沐，觅得湘云作同俦。

如今相隔两重天，只把心殇细细弹。

无端思虑何处唱，低吟蓼莪伴流年。

纵有愁肠千千结，多少往事与谁言。

拟展素笺撰心字，慈母遗训润心田。

对故园亲冢的凄冷描写，对幼时听母亲讲《红楼梦》的细节追忆，对母亲去世后自己孤独无助的叹惋，以及对母亲懿范宗风的传承志愿，在这首歌行中都有深刻的体现。

说到歌行，出自魏晋乐府，宋人姜夔《白石诗话》中说："体如行书曰行，放情曰歌，兼之曰歌行。"而乐府歌行至唐代大盛，岑参的《白雪歌》，杜甫的《兵车行》《茅屋为秋风所破歌》，白居易的《琵琶行》《长恨歌》等都是其中杰出的代表。毫无疑问，歌行也是《素儒诗选》中的精华所在，《北山红叶行》《秋意》《九月廿三夜闻惊雷听雨有感》《上元节念慈母》《桃花行》，再加上前面介绍的《母亲去世十周年祭日抒怀》，虽仅 6 首，但放歌纵情，曲意描摹，毫无滞碍，仅《桃花行》诗句便长达 80 句之多，转韵 10 数次，这种长篇巨制，需要绵绵江水般的思绪，蛛网式的巧妙构思，丰富多彩的语言，丰沛的情感，如此才能达到气贯长虹。

说到气贯长虹，想到毫无滞涩，《素儒诗选》中不仅歌行做到了这一点，其他的诗歌也具有这一明显的特征，又突然想到了唐代的豪放诗歌，太白的诗淋漓酣畅，还有边塞诗派，也是豪气干云，"青海长云"，气象万千，纳教授是青海土著，诗风如此，自是天然。"昨夜疏雨到天明，晓来西风落翠红"（《雏菊》），"扎龙沟里开盛宴，高山巅上舞娉婷。盈手丹霞入诗心，满眼枫叶胜红英。为谁痴情媚霜露，心神共语秋月明。群山寂寞平野阔，为君长歌红叶行"（《北山红叶行》），"秋水芦苇归雁远，晨霜万里洗高天。歌喉婉转松涛荡，醉舞清风水月前"（《醉秋风》），这样的诗句在《素儒诗选》中随处可见，诗带风声，气脉贯畅，篇篇带有唐人边塞诗派的精气神。

《素儒诗选》中也有很多小诗，写得很有味道，如果能用一个字表述，那就是"俏"。"时至端午银柳香，熏风十里过河湟。卖花担上俏模样，捧入一枝沁客堂"（《买花》），"一抹新绿逗绯红，眉眼轻揉湟水东。枝上轻寒风雨后，春风匀染花露浓"（《新绿》），"向晚疏林倦鸟飞，居巢高处沐斜晖。娇声乳鹊枝头闹，阿母只因食觅归"（《向晚疏林小景》），"枝头雀鸟鸣好音，山水清明一日新。半树琼花春料峭，篱边细草逗人亲"（《春》），"春到河湟十里程，秋痕冬印扫东风。枝头嫩柳萌新绿，轻扭腰肢随水声"（《湟水岸春景》），"俏"是女人的专利，"俏"则有喜感，惹人怜爱，如西北酸曲的情态，尽管扭捏，但自多情。

岂止是"俏",作为一个女诗人，纳教授对色彩也非常着迷，在她的写景诗中，善于用颜色描摹物态。诗句"西海碧波映赤岭，一弯瘦水向西流。红颜何堪天下事，守望芳魂塞上秋"（《咏日月山》）中碧波、赤岭、红颜，光彩夺目；"丁香凝紫新愁起，桃杏翻红旧恨宽"（《细雨梦回》）中凝紫、翻红，多姿多彩；"大湖熠耀溯光生，碧水春波一字横。出浴群芳尘不染，娉婷轻舞映天清。琼英摇曳月光远，玉叶婀娜日色明。玉净花明香散处，瑶台仙女弄波轻"（《盐花》）中盐花、碧水、天清、琼英、月光、日色，五色斑斓；"粉蕾如醉羞少女，一树银花俏琼枝。素面仙风清冷骨，凌寒凝脂郁新诗"（《雪中花吟》）中粉蕾、银花、素面、凝脂，冷暖多情；"更兼飞雪似怀恨，着意愁白绿草心"（《风雪春日》）中愁白、绿草，反差强烈；又如"簪黄红袖西风里"（《香山红叶外一首》）、"一枝红艳扫轻寒，满树鹅黄逐旧颜"（《春归西宁》）、"细草鹅黄不见愁"（《河湟早春》）、"红黄蓝绿紫镶金"（《秋晨》）、"翠叶黯然减彩葩"（《雪中桃花》）等，诗中处处着色，处处芳菲，处处点染，处处见情。

诗中佳妙处说不尽、道不完。诗人爱写菊花，尊崇人格的高尚；爱写秋天，对冷峻的秋景萦怀于心；也写春天，充满对温暖和姹紫嫣红的期待；也写饮酒，其中不乏对人生况味的思索。

作者以一颗活泼的心灵感受生活，体会人间百态。每一首诗都是"唱给宇宙最淳朴的情歌"，无不流溢着诗人深挚的生命情韵。

萧克礼

壬寅年九月于沽上燕山国学馆

目录

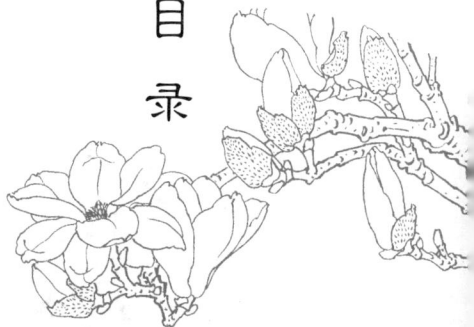

春至家山

黄昏独坐

细雨梦回

暗香有故知

他乡山水

汉俳习作

词林拾葩

春至家山

春至家山

转运岁时明雨水，无边春色到家山。

诗心共与柳烟醉，梦里熏风过麦田。

丁酉年正月廿三日

读秋山

赤橙黄绿染秋山，仙子打翻调色盘。

巧慧画师着彩笔，放歌醉酒茂林边。

戊子年八月初六

暮秋登南山有寄

秋分寒露天如水，霜降时节地自知。

南苑榆杨悲叶落，南山松柏见奇姿。

戊子年八月廿七日

春　雪

其一

春草抽芽三月暮，丁香枝上媚眼开。

雪中犹见桃花骨，独绽寒风不忍摘。

其二

微雨好风剪翠还，枝头寒尽换新颜。

南山雪褂今宵褪，桃李满园红欲燃。

　戊子年三月初六

雪中桃花

　　清晨，天空中飘起了小雪，天地一片混茫，想到了校园里近几日才开的桃花，冒着雨雪去看看那些花儿！叹雪中桃花似一剪寒梅，枝头独放，美丽孤傲，感慨万千，故作此诗以记之。

其一

四月古城花满树，流连花下醉心痴。

狂风疏雨挟飞雪，春晓卓然有俏枝。

其二

何故东风挟雪霰，香薰三月满天涯。

君怜明日夕阳下，翠叶黯然减彩葩。

戊子年三月十六日

菊　韵

麒麟河①畔醉流霞，白玉栏杆烟似纱。

秋尽韶华谁为主，不辞霜露尽黄花。

戊子年八月初十

注释：①麒麟河是湟水河的一条支流，自南向北横穿西宁，流入湟水河。麒麟河的名字由来已久，在清代杨应琚的《西宁府新志》中记有麒麟河的名称。之所以叫麒麟河，据说"某某年见麒麟游于河"。河边有一座建于民国时的公园，也叫麒麟公园，可惜在 1949 年之后，这条富有诗意的河流被改成了一个索然无味的俗名——南川河。

中秋赏菊

西山月落南归雁，百草低眉承冷霜。

幸会流觞秋水处，黄花雅韵淡芬芳。

戊子年八月十四日

秋日随感

疏影黄昏绕碧柔，暗香浮动入河流。

物随大化应时去，天外花魂驻月楼。

戊子年十月十四日

秋山暮雨

萧萧暮雨洗秋山，霜染层林改玉颜。

脉脉芳魂悲旷野，盈盈秀色傲人寰。

无情流水时时去，有意西风岁岁还。

今夜相思何处寄，人间天上话乡关。

戊子年八月廿一日

向晚疏林小景

向晚疏林倦鸟飞，居巢高处沐斜晖。
娇声乳鹊枝头闹，阿母只因食觅归。

戊子年十一月十五日

乡思谁知

佳节最忆故园秋，犹记门前溪水流。
郭外青山云似雪，川前翠柳月如钩。
鸟思佳树情可寄，鱼跃池渊意未休。
咫尺天涯寻不见，瑶台高处使人愁。

辛卯年二月初九

河湟女儿行组诗

　　歌行，本为古乐府诗的一体，后发展为古典诗歌的一种体裁。汉魏以后的乐府诗，诗题多名为"歌"和"行"，如《大风歌》《燕歌行》，"歌""行"虽名各异，实并无甚别。后世诗有"歌行"一体，其音节、格律较自由，灵动而富于变化。

引

夏都美酒银柳香，湟水人家情意长。

自古诗书传世代，女儿风韵远名扬。

春

一路山花一路春，河湟女儿怯盼君。

娥眉妆罢清溪照，谁是春闺梦里人。

夏

绿树浓荫花落深，河湟女儿意纷纷。

窗前谁种丁香树，一寸相思一寸心。

秋

秋水盈盈泛浪涛，河湟女儿自清高。

心随鸿雁西洲去，一曲"花儿"①满碧霄。

冬

山月朦胧锁寒窗，河湟女儿思茫茫。

酒阑不觉清茶苦，梦断天涯夜未央。

戊子年十月十三日

注释：①"花儿"，是流传于西北地区青海、甘肃、宁夏三省（区）的汉、
回、东乡、保安、撒拉、土、裕固、蒙古、藏等民族中的民歌。

春
至
家
山

北园初春即景

丑牛子鼠替交晨，老树旧枝临水新。

几处碧桃细叶软，黄昏淡月一抔春。

戊子年腊月初六

听　雨

霜风凄紧催秋老，花事小园转首空。

最苦相思无处寄，西窗听雨落梅风。

己丑年七月初一

湟水听春

凤凰山顶雪未消，偷眼叶芽柳上梢。

波起浪涌春过岸，沉吟佳句逸兴高。

庚寅年正月廿七日

春雪残花

远看琼枝着玉妆，粉蕾零落莫端详。

朱颜一瞬遭雪妒，芳意难成满地殇。

庚寅年二月十二日

咏　雪

琼英本自映瑶台，仙子凌波寂寞徊。

叶散花飞朝暮下，素妆江树任凭栽。

辛卯年十月廿五日晨

夏都初雪

昨夜秋风过翠林，霜天云暗气萧森。

晓来黄叶承新露，遥看西山玉美人。

辛卯年十月十二日清晨

盼 春

东风乍起扫尘埃，青帝闭门久不开。

遥看西山春未驻，近听湟水意难猜。

一城弱柳韶光透，两岸烟霞映凤台。

满树繁花原不见，诗情雪雨随心来。

丁酉年三月

雨后新晴

雨后新晴鹊踏枝，轻寒轻暖共花期。

小园翠色东风软，摇曳春光醉柳丝。

壬辰年暮春

西宁早春

探春郊外迷归路，何故轻寒凝露浓。

桃杏漫倚湟水岸，丁香偷眼小桥东。

绿杨引逗佳人面，弱柳轻拂戏软风。

芳尽江南三月暮，花开北地满林中。

癸巳年二月初九

小园识花

风过小园香满径，花时忙煞赏花人。

识得杏影丁香骨，散尽芳华凭任君。

癸巳年三月十四日

买 花

时至端午银柳香，熏风十里过河湟。

卖花担上俏模样，捧入一枝沁客堂。

癸巳年四月十八日

秋 思

不眠中夜心何许，细雨梦回犹断肠。

饮尽西风不肯泣，相思何故染轻霜。

甲午年九月廿六日

秋

云锦剪成绣嫁妆，纤纤玉指点花黄。

明知秋老光阴短，不负东篱菊蕊香。

乙未年八月十二日

暮 秋

风吹落日碎残霞，人在归途看落花。

莫问前路秋水远，孤舟一叶向天涯。

乙未年九月廿七日

北苑之春

琼英曼舞缀乾坤，老树嫩芽媚眼新。

莫道东风无意态，邀来仙子扮装春。

丙申年二月初二

清明即景

玉净花明四月天，寒轻风骤扫云烟。

门前弱柳新眉眼，枝上碧桃映满川。

丙申年二月廿七日

立 春

腊梅养晦早含蕊，春草韬光应季生。

好雨润苗催万物，且听堂上诵诗声。

丁酉年正月初七

春 华

桃杏丁香前植庭，丹华流翠满园馨。

飞雪何故相欺得，佳树风吹妙曲听。

丙申年三月初九

秋山写景

仙女打翻七彩盘，随心涂抹万重山。

赤橙黄绿青蓝紫，巧绘画图千古传。

永谷农家

金鸡催醒故乡春，十里云谷容貌新。

腊酒足丰农户乐，古来豪富不如今。

秋　晨

雨后夏都草木新，红黄蓝绿紫镶金。

秋英晨露清寒抹，着意光阴不负君。

己亥年八月

春　寒

春寒难奏五十弦，节尽无声曲不全。
快意人生何处寻，乐向沧海寄诗笺。

春　雨

春雨霏霏洗皓空，依稀晨色淡微风。
白杨青柳疏枝媚，桃李杏花漫古城。

赏牡丹

寻芳郊外忘还家，细数花枝醉晚霞。
曾羡陶潜超远志，秋菊堪比牡丹花。

桃花行

江南四月芳菲尽，绿染天涯暖风熏。

烟波画船雨丝软，燕舞莺歌醉游人。

双飞燕子听私语，温情不舍青枫浦。

闻说北国秦岭纵，山重水复难飞渡。

独立高楼风满袖，殷勤望断春归路。

黄昏愁起恨悠悠，为君憔悴芳心苦。

清歌一曲月如水，春留江南久未归。

冷雨江河挟飞雪，昆山碎玉映斜晖。

东风一夜催万木，灼灼碧桃露华明。

秀面一笑溢微醒，妖娆黄昏自高情。

红袖妩媚软语嗔，笑靥花下舞娉婷。

才俊吟诗携酒行，不负韶光意纵横。

湟水岸边开盛宴，西宁城里起歌声。

一缕暗香去无尽，疏影脉脉绕古城。

春尽江南柳成荫，梅子黄时雨蒙蒙。

春来西海清寒后，花开如火逐新晴。

一枝红艳倚晨风，占尽风光无限情。

寄语芳心展书笺，把酒低吟桃花行。

君看桃花一树艳，青春不过十日朝。

夜来芳山洗疏雨，明日万红落如潮。

零落成泥可堪恨，更愁花魂随风飘。

抛家路旁填沟渠，未若秋菊凌寒骄。

自知零落苦难久，但报春讯为情死。

为情不辞西海远，关山飞度千万里。

红颜自古最心痴，风雨兼程为知己。

手持落花听风雨，悠悠馥郁胜兰芷。

可怜花红时日短，又恐春色难持久。

年年春来赏花时，莫负春光萦怀袖。

桃花零落春归后，君看河湟满川柳。

日日花开竟枝头，踏遍天涯何处有？

众芳摇落风雨后，月夜花痕印青苔。

小城春深新柳色，牡丹芍药次第开。

岁时风景处处有，心香一瓣入君怀。

花落明年还生树，青春一去不复来。

君看今年树头花，岂是去年故枝开？

香风满地花千树，雨打怡然落如潮。

来似蓝天一片云，去时夕阳一桃天。

花下几人叹芳魂，谁赏寸心知窈窕。

若得千故一知己，红颜不辞约渺渺。

丙申年三月

咏 菊

微雨弄轻雾，菊花展丽姿。
不辞霜露苦，惟恐岁华迟。

访南禅寺

凋落三秋树，高原乍入冬。
山间寒未褪，古寺响晨钟。

雨后春景

微雨洗天青，高林映水明。
余花轻散落，鸟鸣远风听。

白露随感

一夜霜风紧，天寒白露侵。

莫愁秋树老，冬尽故枝新。

小　花

我自有深情，盛开草甸菁。

独居尘世外，天籁醉心听。

夏　光

湖面举青莲，好风蕴晓寒。

露痕凝翠玉，桥下水如天。

游西山公园

雨后轻寒，风满湟川。
棉柳消退，换了红颜。
良辰清穆，绿染西山。
小院静美，鸟鸣其间。

丁 香

晓风如水，春景可看。
桃杏湛露，小园红遍。
丁香寂寞，花蕾如眼。
年年春色，佳人叹惋。
何曾记得？旧欢新怨。

丙申年三月初二

碧 桃

违时雪霰岭前春，独立小桥湟水滨。
才见清波含浅笑，桃花却是近诗人。

桃花吟

春风桃李满天涯，何故轻寒掠琼花。
君看明朝湟水岸，黯然翠叶减云霞。

古城春色

春尽江南入海涯，古城四月见新芽。
东风昨夜霜雪重，半树琼枝半树花。

春日即事

细柳疏红冷翠微，春留江畔久难归。
薄寒四面风满袖，斜照江河尽余晖。

秋老重阳

楼前风过残芳尽，满目枯黄尤浸霜。
昨日赏花君记否？而今秋老过重阳。

醉秋风

秋水芦苇归雁远，晨霜万里洗高天。
歌喉婉转松涛荡，醉舞清风水月间。

秋　柳

连天衰草减西风，一缕流苏舞雪中。
晓看迢迢湟水岸，黄金万点落城东。

春　蕊

枝头花蕊逗轻寒，匀抹绯红凝紫嫣。
偷眼晓风春雪舞，顾怜秀色意阑珊。

春　柳

河边细柳巧梳妆，轻扭腰肢嗅绮香。
最恨蜂蝶心似水，随风又去戏新篁。

琼　英

风吹雪霰舞蹁跹，柔软平松地覆棉。

一树琼英桃杏妒，农夫暗喜好耕田。

春至河湟

已尽冬余湟水阔，西山遥看暮云收。

原知春在风沙里，细柳鹅黄不见愁。

暗　香

笑对东风只为春，暗香一缕醉黄昏。

诗人曾叹丁香苦，不畏凝寒最是君。

初　雪

斜风乍起弄琼英，顾影千姿百媚生。
织女纤纤攉素手，花团裁剪妙姿轻。

咏日月山

西海碧波映赤岭，一弯瘦水向西流。
红颜何堪天下事，守望芳魂塞上秋。

秋　意

楼外青山绿映窗，河湟秋色胜春光。
不惜岁月梦中过，但恨鲜衣染重霜。

河岸听水

隔岸灯光如梦影，云遮雾绕远河滩。

静听流水恰私语，万马奔腾银汉间。

大丽花

风情一面胜牡丹，娇媚华姿轻弄寒。

花冷中秋风老去，蕊香送爽醉云天。

湟水岸春景

春到河湟十里程，秋痕冬印扫清风。

枝头嫩柳萌新绿，轻扭腰肢随水声。

夏日即事

河湟青翠浸波涛，微雨轻梳杨柳娇。

仲夏清凉胜仙境，游人醉意上眉梢。

河湟春

春满枝头香满楼，桃花巧笑杏花幽。

一川好景迷人眼，处处芳菲竞自由。

风雪春日有寄

漫卷狂风沙裹砾，无端吹皱树梢春。

不嫌雪霰喧嚣过，芳草新芽着意深。

春　红

雪里忽闻春信至，枝头摇曳软东风。

半开粉脸娇羞色，碧玉新妆初剪成。

赏　花

花满小园深有韵，天时随运自然开。

东风解意何须恨，雨水清明归去来。

春　鸟

枝头雀鸟鸣佳音，山水清明一日新。

半树琼花春料峭，篱边细草逗人亲。

春日写意

江南春尽意阑珊，西海三春水如天。

晓雾轻笼芳草地，韶光婉转换流年。

西海之秋

秋后清霜雪霰重，西风着意雕青松。

衡阳雁去昆山寂，一树风华西海红。

春归西宁

一枝红艳扫轻寒，满树鹅黄逐旧颜。

桃杏丁香妖媚眼，东风十里绿高原。

山村春景

云中翠鸟啭佳音，浩荡东风扫路尘。

河岸琼花临水语，山村草树绿芽新。

十里清流

河湟新树万千枝，匀染鹅黄抹柳丝。

引逗东风拂碧水，清流十里起涟漪。

新　绿

一窗新绿逗绯红，眉眼轻揉湟水东。

枝上轻寒风雨后，春风匀染露花浓。

乡 愁

独酌清酒醉，霜月使人愁。

梦里乡关路，扁舟何处求。

戊子年十月初十

春日即景

细雨微风过，得阳草似茵。

好风拂老树，花蕊已三分。

丁酉年正月十二日

龙羊峡水库

平湖秋月明，风起浪涛惊。

四野无何有，镜磨水面清。

惊　蛰

春雷隐隐两三声，湟水泱泱八面风。

细雨轻吻干裂地，晓风唤醒老蜇龙。

桃花流水山家远，榆柳浓荫河岸东。

蔓草篱边扶翠色，野花媚眼笑林中。

问秋北山

西风暮雨洗芳山，尽染层林醉客颜。

脉脉霜枝淑旷野，盈盈秀色傲人寰。

悲秋自古多寥落，草木摇风亦自怜。

幸有知音探绝境，红尘抛却觅良缘。

河湟秋色

河湟秋色如画，水浩天高绿扬。

菡萏南塘俊爽，满川匀抹斜阳。

同茂儿春游

少年快意饮春光，健步登高望八方。

芳草林花酬岁月，诗词歌赋写苍黄。

壮心豪迈天地阔，志气凌云胜楚狂。

踏遍青山览盛景，东风共舞情更长。

盐 花

大湖熠耀溯光生，碧水春波一字横。

出浴群芳尘不染，娉婷轻舞映天清。

琼英摇曳月光远，玉叶婀娜日色明。

玉净花明香散处，瑶台仙女弄波轻。

北山红叶行

秩秩北山凝眸远，潇潇秋雨润绯红。

霜染新妆承天赐，暖暖烟光露花浓。

临水朱颜宜相看，岂知昨日饮西风。

卓然风姿堪绝世，晨光不语自高情。

人道今年秋色好，满山胭脂可倾城。

遂令河湟人潮动，重装出行觅芳踪。

扎龙沟里开盛宴，高山巅上舞娉婷。

盈手丹霞入诗心，满眼枫叶胜红英。

为谁痴情媚霜露，心神共语秋月明。

群山寂寞平野阔，为君长歌红叶行。

连天衰草一岁过，且待明年春又生。

惜春却怕春归去，疏雨骤风秋意成。

长伴北山千里雪，登临惯看赏叶人。

簪红戴黄两不厌，独立远山不染尘。

来去悠然总无言，不争春朝与秋晨。

春归青翠绿满山，秋来火红燃平川。

赢得知己清泪洒，不负红尘今世缘。

寄语佳人歌一曲，酌酒林间梦里还。

秋满河湟

细雨秋风惹密寒，巧调七彩绘西山。

霜花满目收难尽，几处嫣红媚岸边。

读赏清秋

重山深锁古城幽，蹉跎岁月几多愁。

阅尽葩经^①三百首，蒹葭秋水一并收。

临风独立湟水岸，细数青丝恨幽幽。

春去秋来云鬓改，古风遗韵堪同俦。

余闲品茗读唐宋，丽句清芬齿颊留。

欲撰心字展尺素，拟学前贤才气羞。

寂寥情怀凭谁诉，望断天涯伫高楼。

感君淑贞沉吟意，且取红叶抒心讴。

玉盏盛满青稞酒，共赏黄昏叹清秋。

注释：①葩经：指《诗经》。唐代韩愈《进学解》中说："《诗》正而葩"。
后因此称《诗经》为"葩经"。

黄昏独坐

黄昏独坐

白云一片去悠然，难诉浮生事万千。

独坐黄昏秋水岸，波涛不竟忆华年。

戊子年九月

往　事

细数往常俱有情，留痕岁月最分明。

莫愁镜里朱颜瘦，明日长歌对晚风。

戊子年二月初六

移　居

百尺危楼可近天，寸心自在水云间。

仙槎若有乘风去，忘却浮生事万千。

戊子年二月初七

登 楼

夕阳斜照自登楼，残雾云霞一并收。

彩笔难书栖老志，无端缘底起新愁。

眼前枯树无颜色，高处风横扫九州。

有限人生谁能免，心随旌帜任清秋。

戊子年二月初四

劝 己

常恨人生万事平，楼前细柳巧妆成。

仙槎海上多艰阻，芳草青圃苦自荣。

诗话余闲清味足，酒樽留客妙香倾。

浮生倘许春常驻，挼尽桃花听水声。

戊子年二月初十

九月廿三夜闻惊雷听雨有感

兼葭白露共泽畔，数点暮鸭引新愁。

词客易怜红叶瘦，花残蕊冷蝶难留。

今夜忽闻惊雷响，倚窗听雨十九楼。

常忆故园门前柳，断肠蓼莪①起心头。

莫将淡酒入残梦，借得苇杭②上轻舟。

念此归心飞似箭，且将行囊一并收。

梦里依稀慈母影，顾看人寰恨悠悠。

灯下徘徊意难尽，将展彩笺写清讴。

何处求得青鸟③使，为我传书解心愁。

戊子年九月廿三日

注释：

①蓼莪：《诗经·小雅》中的一首诗。清代方玉润评价道："此诗为千古孝思绝作，尽人能识。唯《序》必牵及'人民劳苦'，以'刺幽王'，不惟意涉牵强，即情亦不真……又况诗言'民莫不谷，我独何害'，'我独不卒'者，明明一己所遭不偶，与人民无关也""诗首尾各二章，前用比，后用兴；前说父母劬劳，后说人子不幸，遥遥相对。中间两章，一写无亲之苦，一写育子之艰，备极沉痛，几于一字一泪，可抵一部《孝经》读""以众衬己，见己之抱恨独深"（《诗经原始》）。

②苇杭：出自《诗经·卫风·河广》，"谁谓河广，一苇杭之。"苇，苇叶，比喻小船。杭，通"航"，渡过。

③青鸟：传说中西王母座前的神鸟，会传佳信，代表吉祥。

寄外子于京华求学

旧时妻称夫为"外子",与夫称妻为"内子"相对。

西海秋深更少雨,独对夕阳忆流年。

邂逅长安正年少,初识芳容舞蹁跹。

碧梧翘楚引凤栖,如兄似友情意绵。

世路艰辛十六载,君意从容顾无言。

沧海桑田浮生梦,恶风苦雨摧椿萱。

殷殷柔情切切语,拭去清泪暖心寒。

往事如烟堪回首,无情岁月有情缘。

归程何日频须问,负笈京师驻燕园。

且学易安拟把酒,菊盛东篱咏诗篇。

欲释心绪觅佳句,人瘦词拙意难堪。

黄昏独坐

向晚河边漫步独兴

远村烟霭散芦花，几处蒹葭戏野鸦。

独步河边吟绮句，朦胧月色漫思茶。

戊子年十月初七

对流霞

秋阑薄雾访菊花，暮色烟光飞乱鸦。

回首人生浑似梦，归来把酒对流霞。

戊子年十月初八

新年抒怀

岁月风霜一瞬过，钟声敲响幻成真。

难堪年末惊回首，愧对光阴又送春。

流 光

年年春尽梦横塘，抛却流光心欲伤。

锦瑟无端难谱曲，西风古道尽斜阳。

庚寅年六月十七日

秋日寄外

满月无端入梦流，枕边淑影胜清秋。

殷勤莫道相思苦，只为负笈一段愁。

壬辰年八月

读诗寄怀

人间何处春常在，碧水青山看古今。

鸟悦人心花作伴，栖身书卷谢风尘。

心　曲

倦鸟知还高树眠，河边枯柳染浓寒。

事非可悔堪回首，时到孟冬意不欢。

旧梦皆随流水去，新诗只奉故人前。

平生多少相思恨，谱入心弦细细弹。

戊子年十一月二十日

听新年音乐会随感

岁月蹉跎一笑过，爆竹声里醉新歌。

热巴急曲传春意，梁祝余音绕春河。

西海波涛鱼起舞，昆仑大雅意婆娑。

华章风韵从心度，始信东风今夜多。

细数青丝

最恨韶光一瞬过，青丝细数忆华年。

春风依旧人清瘦，坐看夕阳难入禅。

愁起明月楼

北地浓寒已过秋，林中霜露不胜愁。

寒鸦数点山河远，笛起悠悠明月楼。

辛卯年十一月初三

过　客

缘情皆是心底苦，何事春风惹飞絮。

君看去年枝上花，一别秋风天涯路。

壬辰年二月十六日

秋晨抒怀

夜听疏雨起晨风，晓看西风落翠红。

含黛远山霜色秀，菊香近水露华浓。

薄情自古恋春色，俗眼只因弄影同。

多少心结理不尽，相逢难诉寸心衷。

辛卯年八月十三日

忆流年

风起暮云散，一河碧水寒。

愁心何处寄，最怕忆流年。

己丑年腊月初九

初春高楼抒怀

高楼凭眺处，天色淡无痕。

日暖山雪退，乾坤光景新。

辛卯年正月廿一日

感　怀

莫叹青春短，西山已添霜。

倾心诚相待，何论短与长。

甲午年十月初六

读纳兰词

回首当年自难忘，而今憔悴断愁肠。

椿萱一谢蓬山远，满树斜阳挂重霜。

癸巳年三月廿九日

读薛道衡《人日思归》诗

伊人北地路迢迢，思至春前意未消。

佳咏已然怜旧忆，沉吟岂可抑心潮。

丙申年正月初七

撰论文随感

若肯当年作嫁娘，而今结子满园香。

何须老大摽梅叹[1]，对镜描眉凌乱妆。

甲午年四月

注释：①摽梅叹，即摽梅之叹，意为未嫁女子盼嫁的迫切心情。出自《诗经·召南·摽有梅》。

中秋可期

妆奁久未开，秋水影心裁。

乱发清容瘦，流光信使来。

春夜听雨

夜雨染轻寒，晨风过小园。

无心赏新翠，愁寄云汉间。

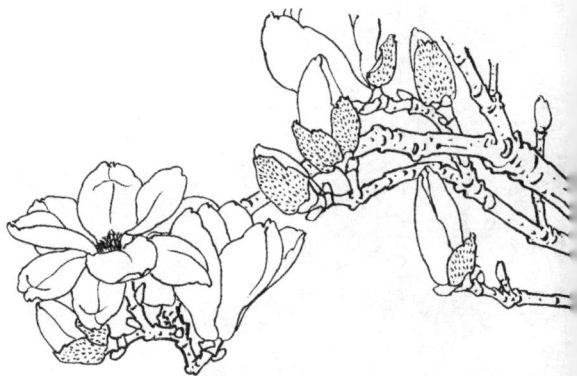

黄昏独坐

怨　春

雨润天清花满园，桃红柳绿浸江南。

不知春意归何处，绝域苍茫荒且寒。

读陶渊明诗

晋代桃源百世扬，书中不觉岁时长。

闲云岂羡先生柳，只慕东篱菊蕊香。

东篱之秋

霜天万里雁南飞，山色清明冷翠微。

陌上花飞秋已老，东篱独爱一人归。

春 问

几处嫣红扶翠叶，一窗风过掠晴空。

只因旧日江南梦，数点春意觅绝踪。

读苏轼中秋词感怀

莫道此情古难全，心怀千里共婵娟。

秋风满眼物华老，人在天涯行路难。

怀 旧

当年旧梦了无痕，幽怨横笛酒自斟。

此恨犹关风与月，孤芳独赏一生存。

寒露抒怀

秋分寒露天如水，霜降时节物有知。

北苑榆杨黄叶落，南山松柏见奇姿。

西　风

掠过西风草木凋，海天一色气森萧。

一池碧水摇空绿，犹见昏鸦栖树梢。

赏菊有寄

君来岂顾秋光尽，点染东篱意从容。

寻觅知音承霜露，不辞岁岁饮西风。

春寒逢抱恙

春寒难耐胜清秋，几处风声起坐愁。

抱恙方知人意短，薄凉时态眼中留。

寻梅不遇

一树琼英湟水边，郊寒遥看水云间。

只为作赋寻梅去，憔悴归来问谪仙。

寻　芳

可堪郊外苦寻芳，幸会花林雅韵长。

莫叹桃源无觅处，春山一半带斜阳。

读《离骚》有感

楚丘芳草苦争芳，何论斯人持短长。

薜荔杜蘅杂菌桂，三闾犹爱兰草香。

望　月

相思岁岁寸心灰，望月年年秋夜归。

今日独吟神已醉，魂随亲冢故园飞。

秋　恨

晓雾似纱萦净窗，檀香燃尽更凄凉。

黄昏疏雨潇潇地，秋草夜阑犹恨霜。

秋 霜

古城九月落秋霜，风舞流苏曳浅黄。
湟水西风泛细浪，小桥寂寞老白杨。

秋日抒怀

秋水涓涓足下涛，无关风雨却清高。
笑谈山色眼前老，吟罢新诗也自嘲。

冬日情愫

冬到人寰万木凋，古城无处看梅娇。
夜来清梦且追忆，应是思乡更寂寥。

梅　思

梅开梦里映纱窗，唯有好风送暗香。

妩媚琼枝淑旷世，为谁憔悴负韶光。

冬日情思

萧瑟高原湟水清，漫天雪乱舞荒城。

吟风叹月心头恨，是是非非渐自明。

读《木兰辞》有感

邻舍有声忙纺丝，断经不续寄愁时。

晚归诸客莫相问，女子心思君未知。

秋日断想

云幕低垂含柳烟，斜风细雨送轻寒。
静心茶社闲说好，远眺西山休道禅。

儿童节有寄

莫说岁月酬年少，明日黄花也换貌。
踏遍青山人未老，归来风景依旧好。

也无风雨

一树繁华娇媚红，岂知昨夜舞东风。
飞雪不解人间事，花自飘摇弱寒中。

秋　分

风清露冷暑消退，山远水长离雁悲。

梦里乡关千万里，满川黄叶送秋归。

饮尽西风

雨后轻寒天如水，一枝秋韵炫杏黄。

西风饮尽不辞苦，偏向斜晖弄彩妆。

立春抒怀

万物生发春立日，得阳百草嫩芽发。

西山遥望雪峰岭，几度东风始见花。

花　期

桃李含苞竟满枝，轻寒轻暖共花期。

初晴晓看一川翠，更上层楼觅好诗。

流　光

流光抛却好风景，岭上清风扫印踪。

何叹蹉跎空岁月，休说辛苦且从容。

独赏烟雨

残花摇落春消瘦，榆柳成荫小径湿。

微雨黄昏风满袖，烟霞独赏归去迟。

一帧落叶

又见夕阳和朔风，满山秋意雨朦胧。

枝头黄叶纷纷落，最爱风姿萧瑟中。

戊子年九月廿八日

狗儿儇儇

其一

半规凉月照花砖，小犬孤眠履作船。
一俟晨光窗外转，殷勤叼与主人穿。

其二

天寒轻取挂纤钩，怕搅凡间一物尤。
睡眼迷离舒展躺，酣眠鞋上稳如舟。

其三

寒光穿户浸花砖，辗转徘徊无处钻。
忽见主人床下履，且将挤进好酣眠。

春日读诗

倦读诗句坐窗前，闲看小园花正妍。

红杏喧枝春欲放，鹅黄染树满平川。

踏青女伴盈盈笑，赏景良朋梦里还。

目送斜阳山外路，天涯翠陌锁寒烟。

菊

曾在东篱识暗香，易安又醉美人旁。

晨霜夕露风横过，摇曳秋光描淡妆。

青眼识得君傲骨，方知不肯斗春光。

黄昏疏雨卓然立，一世风情亦自伤。

秋日吟易安词有感

其一

人静夜阑凭问君，低眉轻唱醉花阴。
情怀伴我如秋水，不负东篱菊蕊心。

其二

西风乍起天气凉，满目青山着冷霜。
夜雨添愁叹飘摇，雁声孤影向衡阳。
湟水迢迢苍山远，小园幽幽送暗香。
晓烟春草眼前绿，满树桃红去何方。
天寒酒冷无人酌，细雨轻敲暗流光。
伤春悲秋骚人意，何故秋风冷心房。
但怜草木随风落，一荣一枯枉断肠。
桦林枫叶虽言好，难敌春花映垂杨。
一杯淡酒就秋风，赏菊东篱月昏黄。
低音易安声声慢，诗心千古情韵长。

思　念

西风恨多，一夜悲歌。

山高水阔，相思几何。

苍凉满目，泪眼婆娑。

千般苦海，为求普陀。

蓬莱远望，人世凉薄。

人间天上，没个寄托。

细雨梦回

细雨梦回

黄昏细雨惹轻寒，杨柳扶疏冷翠烟。

犹记赏花携手笑，而今往事梦中看。

丁香凝紫新愁起，桃杏翻红旧恨宽。

别有心伤无语诉，深情小撰寄出难。

壬辰年四月十六日

后记：大姐秀清，二姐秀红，姊妹三人感情深厚。每年逢花开，邀请两位
姐姐一同赏花，二姐虽拖着病体，但性格开朗，极喜春天，犹爱鲜花。今
年春天如期而来，而亲人不再，姊妹三人缺了一人。昨夜雨声不断，高楼
凝望，生死相隔，纵然目极天涯，落得惘然伤神，口占小诗一首，以抒思
念之情。

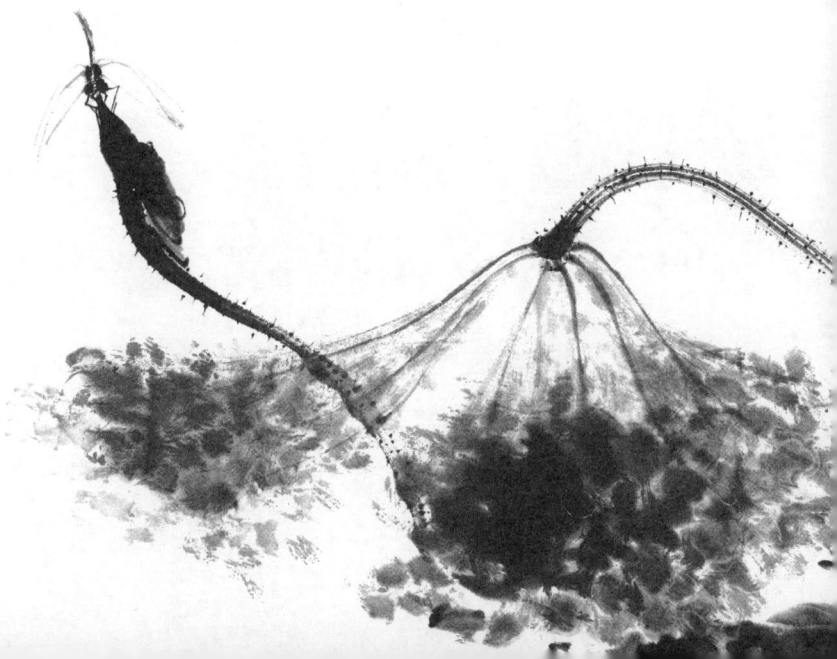

母亲去世二周年祭日抒怀

梦里青黄两度秋，慈颜夜夜在心头。

故园归去经年久，荒冢永隔对酒愁。

人世不知多变故，沧桑阅尽几多秋。

膝前犬子事何谙，他日悲号涕泪流。

癸未年十一月二十日

辛卯年春风父母碑成

春风料峭凄凉地，枯木荒丘凝露霜。

别却慈颜何处见，十年苦旅梦也伤。

远山锁黛云天暗，草色含悲人断肠。

最恨轻车难驾鹤，蓬莱无路到身旁。

辛卯年二月十五日

春风扫墓归来

家山社日买新酒，对饮冢前暗恨生。

醉乘浮槎何处去，蓬山深处不相逢。

戊子年二月初九

观山月

朦胧山月锁黄昏，帘幕低垂秋渐深。

愁损寸心无好梦，西风最怕思故人。

戊子年九月十七日

忆阿姊

与姊昨日共簪花，把酒听歌醉晚霞。

笑语盈盈留耳畔，而今满目尽蒹葭。

乙未年七月廿八日

探 亲

　　戊子初冬十月十七日，母亲去世七周年祭日，姐妹三人赴故乡"探望"双亲，由耄耋之年的五叔陪同。见祖茔堆堆荒冢，心伤不已，犹有嫂嫂新坟，悲痛欲绝，心肝尽摧。自母亲去世，孤子犹苦。母亲在时，不觉年事已高，也未曾想过她会离我而去，忙于家务和教学，疏忽了她老人家的健康。七年前的今日，雨雪霏霏的天气，难忘刺骨寒风，悔自己不孝，但愿母亲有知，豁免女儿之过。今日祭母归来，神情恍惚，悲伤难言，故以小诗记之，并命名为《探亲》，个中苦涩独自知，慈母归去，无以为家，人情冷暖，遍尝尽矣！

其一

年年雪里望家乡，岁岁秋风思断肠。

枕上伤心窗外雨，依稀梦里唤额娘。

其二

风烟满目秋归后，瘄寐伤神数祭期。

七载离别生死苦，望穿亲冢西山低。

其三

寒风吹落千山雪，清泪霖霪幽怨深。

拂去伤心除却醉，谁怜憔悴冢前人。

其四

七年音讯断阳关，情怯归乡意不安。

望尽天涯无觅处，蓼莪一曲恸心肝。

慈母去世九周年祭日抒哀思

其一

纸钱一陌寄哀思，九载风霜苦自知。
香尽成灰何处去，今宵梦里念亲慈。

其二

寒日萧萧风满地，远山衰草尽含霜。
亲冢冷寂音声断，何处乡关话薄凉。

其三

坟头荒草九春秋，望断蓬莱千屡愁。
情愫难托心绪恶，眼前霜露一川流。

其四

云卷天高地满霜，草枯叶落话凄凉。
一年一度祭阿母，遥望家山梦里长。

其五

寒风摧秀木，河水夜凝冰。

对冢举浊酒，昊天秋雁声。

远山低野旷，几陌纸钱轻。

吟唱蓼莪曲，松柏日暮萦。

庚寅年十月二十日

上元节念慈母

西海初春寒浸透，风声凄切入高楼。

孤灯雪夜上元日，往事追思心更忧。

犹记少年光景好，高堂偏爱不知愁。

慈颜消逝归玄圃，冷暖遍尝孺子羞。

寻遍人间家万里，蓬莱无路泛轻舟。

劝君莫笑我言苦，荒冢永隔万念休。

染尽丹枫游子泪，山高水阔恨悠悠。

风霜雪雨催草木，韶光易逝水自流。

纵有慈航何处渡，瑶阙如梦影难留。

秋风秋雨

秋风秋雨，万物相辞。

呜呜湟水，逝者如斯。

十载星辰，唯念唯思。

天地辽阔，何处栖迟。

椿萱枯萎，蓬莱增奇。

辗转反侧，我心谁知。

昊天无语，长河冷凄。

踽踽独行，风雨相欺。

言念吾父，渺其如云。

蓬山深处，使我伤心。

言念吾母，温其如春。

往事历历，乱我心神。

辛卯年十月初九夜西宁

后记：是夜，风声凄然，心情黯然，泣涕如雨，十年苦旅，冷暖自知。夜
夜思念，日日伤神，何如何如！言念双亲，魂兮归来。

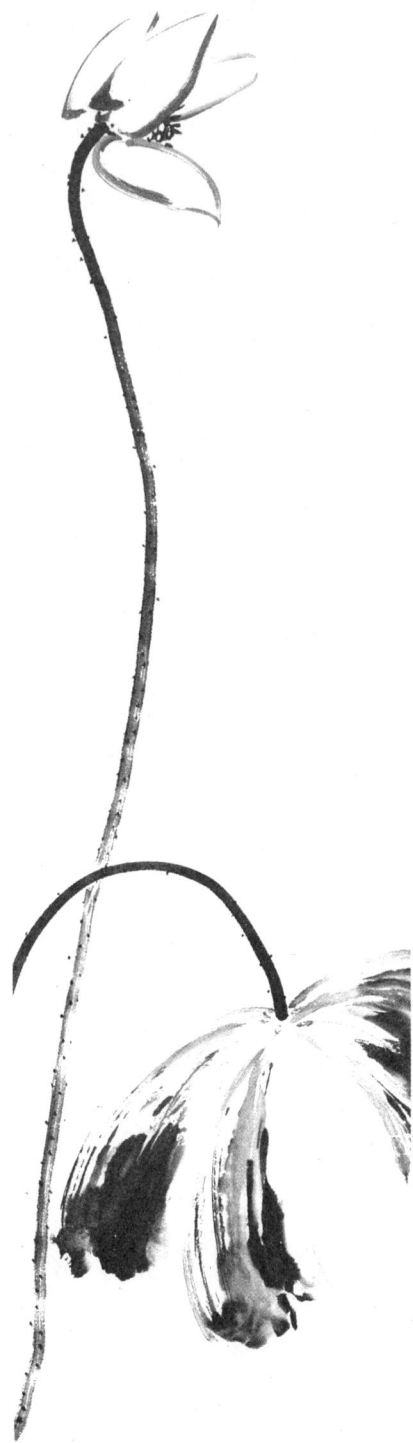

记 梦

梦里乡关山水阔，依稀旧岁好年华。

书声满院椿萱①喜，胜过斑衣②戏彩夸。

春晓踏青山路远，归来落日已西斜。

喳喳云雀屋外啼，醒时惆怅在天涯。

辛卯年二月二十日

注释：

①椿萱：父母之谓。古称父亲为"椿庭"，母亲为"萱堂"。"椿"出自《庄子·逍遥游》："上古有大椿者，以八千岁为春，八千岁为秋。"为长寿之树。古人将此比喻父亲，盼望父亲像大椿一样长生不老。后来为男性长辈祝寿，尊称对方为"椿寿"。又孔子之子孔鲤怕打扰父亲思考问题，"趋庭而过"，快步走过庭院，古人因此将"椿"和"庭"合起来称"椿庭"，称父亲为"椿庭"。"萱"出自《诗经·国风·伯兮》："焉得萱草，言树之背。"古人认为"萱草"使人忘忧，故为忘忧草。唐朝诗人孟郊《游子吟》（一作聂夷中诗）曰："萱草生堂阶，游子行天涯。慈亲倚堂门，不见萱草花。"古代游子出门远行时，常在母亲居住之北堂阶下种几株萱草，以免母亲惦念游子，使母亲忘记忧愁，故将母亲的居处称为"萱堂"，后来为女性长辈祝寿，尊称对方为"萱寿"。 诗中将"椿""萱"合称"椿萱"即代指父母。

②斑衣：《列女传》载："老莱子孝养二亲，行年七十，婴儿自娱，著五色彩衣。尝取浆上堂，跌仆，因卧地为小儿啼，或弄乌鸟于亲侧。"传说老莱子七十岁时，犹穿五彩斑斓的衣服，故作婴儿嬉戏，引逗父母欢喜，以使双亲不觉已老，后用斑衣戏彩代指孝养父母。

母亲去世十周年祭日抒怀

秋风骤起黄叶地，远影霜天孤雁回。

横扫故园霜满地，眼前亲冢意成灰。

一别慈颜十年梦，遍尝甘苦病相欺。

念我高堂多磊落，懿德嘉行好风姿。

冷眼看尽人间事，万千心愫独低眉。

归去飘零苦作舟，饮尽西风不解愁。

寂寥寒窗凭谁问，青天如水水自流。

常忆儿时明月夜，依偎母怀醉红楼①。

慧心幸有凯风②沐，觅得湘云作同俦。

如今相隔两重天，只把心殇细细弹。

无端思虑何处唱，低吟蓼莪伴流年。

纵有愁肠千千结，多少往事与谁言。

拟展素笺撰心字，慈母遗训润心田。

辛卯年九月廿一日

注释：

①红楼：指《红楼梦》，幼年时不识字，听母亲每天晚上读《红楼梦》。

②凯风：和暖的风，亦指南风，出自《诗经·邶风·凯风》。

悼李英

秋露泣菊冷，严霜摧劲松。

孤雁悲切鸣，落英向昊空。

癸巳年八月初三

悼好友肖黛

李贺奇诗共欣赏，雕龙绣虎叹文心。

两人对饮胸襟阔，千首华章还看君。

风动蓬莱添彩树，杏坛谢却一枝春，

心香一瓣祭老友，难觅好诗更诵吟。

壬寅年六月三十日

悼念夏师

燕赵初春风满地，摧折嘉木草烟霏。

潇潇易水寒波起，荡荡长空云暗飞。

念我恩师携后进，滋兰树蕙令德巍。

平生阅尽人间事，埋首诗经布春晖。

纵有伤心千千万，莫将师愿错轻违。

素笺轻展撰心字，懿范学风浸芳菲。

细
雨
梦
回

117

慈 航

何处慈航渡苦身？天涯枯草塞愁心。

抒情传意莫须寄，风冷尘飞不看春。

怀念二姐秀红

常忆故乡春色软，殷勤姐妹唱阳关。

落花陌上婆娑柳，蔓草田埂逐笑颜。

梦醒三更明月近，秋风凄切骨生寒。

万千思念寄何处，却把心殇谱曲弹。

悼 亡

雨后春寒风飒飒，荒郊野外草生愁。

惊雷闪电冤魂泣，处处葛生①溯水流。

注释：①葛生，指《诗经·唐风·葛生》，被誉之为千古悼亡之祖。

咏文成公主

春来西海水幽清，赤岭山中牧草菁。

回望长安行路远，凝眸几度朔风萦。

安邦拓土丈夫事，何故女儿绝域行。

霜染轻尘公主泪，倒淌河流诉怨情。

暮秋怀念阿姊秀红

心香一瓣共诗魂，飞度蓬莱轻叩门。

西海烟波春晓醉，平湖秋月向黄昏。

余温衣袖音容在，笑语殷殷犹尚存。

细雨梦回山水阔，相思一路伴芳魂。

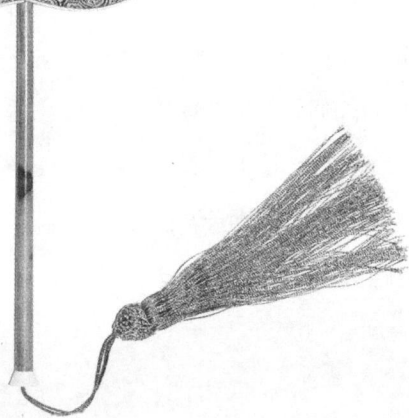

读《凯风》念父母

凯风自南，万物盛矣。

悠悠湟水，日夜不息。

十载岁月，刻骨相思。

梦寐之间，愁来无依。

少年失怙，霜露沾衣。

中岁丧母，忧心如凄。

天涯望断，日日盼期。

独行于世，风雨相欺。

言念吾父，邈其如云。

蓬山深处，令我伤心。

言念吾母，温其如春。

往事历历，乱我心神。

伤心如何？倾诉婆娑。

姆妈安好，福佑其多。

心香如花，飘洒天涯。

撷兰掇英，寄语流霞。

丙申年三月

暗
香
有
故
知

暗香有故知

三月古城木叶稀，晚来飞雪意迷离。

粉蕾如醉羞少女，一树银花俏秀枝。

素面仙风清冷骨，凌寒凝脂育新诗。

但为春讯因情死，自古红颜心最痴。

今夜随寒轻坠落，明朝香远有君知。

庚寅年二月十一日

赠卢继庆教授秋山图

画趣诗心雅韵同，笑谈几度醉清风。

丹青绘出秋林色，辞赋文章抒寸衷。

戊子年八月廿六日

酬答诸君

　　前日因《探亲》四首小诗，幸得亲友关怀，暖意顿生，无茶无酒，难表谢意，甚为不安，今以小诗答谢诸君厚爱！

素篆只因心不宽，觅得诗句遣悲难。

诸君微信传情意，风暖晨光犹自还。

书中访友

迢迢湟水去无声，隐隐青山四面风。

暮鼓北禅响远地，晨钟南寺近古城。

新诗写就无人赏，旧曲轻弹自有声。

锁住闲愁天如水，书中访友到三更。

贺好友李春花博士毕业

谁言茶苦久成甘，世味如禅心底参。

一载横遭多少事，三秋莫弃为学难。

光阴不负殷勤意，折桂蟾宫我辈惭。

淡扫素妆多妩媚，昆仑美玉秀山岚。

戊子年腊月初二

寄恩师夏传才先生

早知燕赵有奇人，传布诗经四海闻。

仰止高山望明月，俯听泉水润苗心。

十年追梦金诚至，千里求学情意真。

化雨春风沐新树，夏师懿范大儒存。

壬辰年八月廿四日

后记：2010年秋，重返母校读博，得刘生良师推荐，入《诗经》学会，了却一心愿。后经《诗经》学会曹建芬秘书相助，有幸拜谒大师。先生不惜年事已高，不嫌我见识浅陋，念我虽处高原，求学心切，89高龄收我为关门弟子，此我一生之大幸。恩师德高望重，著作等身，慈祥和蔼，儒雅谦和。负笈燕赵，得恩师关爱，为人为学，悉数教导。耳提面命，用心良苦。聆听教诲，如沐春风。传道授业，启蒙解惑，恩师大爱，没齿难忘。

奉和张华师弟《论文》诗

盈手葩经月满窗，蒹葭秋水醉清霜。

书山漫漫青春短，学海茫茫世路长。

总是清晨惊好梦，无缘静夜诉衷肠。

花明玉净佳人面，携酒江边细细尝。

附：师弟《论文》

青灯万盏觅红妆，梦里犹闻国色香。

一曲狂歌不称意，千盅浊酒入愁肠。

相思依依阶前雨，情谊蒙蒙雪后霜。

何日窥君真面目，观鱼掩卷富春江。

癸巳年五月

春雨访西山

今日春雨来，明朝杏花开。

邀得二三友，投入青山怀。

丙申年八月

送　别

我居湟水岸，君住贵山阳。

两度回眸后，一生情意长。

相逢秋色里，菊蕊浸明黄。

折柳执君手，如约会侗乡。

甲午年九月

初夏别宋兴川教授

古城处处花似锦，湟水悠悠洗新愁。

折得一枝河岸柳，送君十里下福州。

癸巳年四月十四日

后记：昨日，偶遇久别的高邻宋老师，惊喜不已。分别十八年，我们虽少联系，但对他记忆犹新，往事如昨。当年，我们住一筒子楼，共用一个厨房，朝夕相处，过节在一起，其乐融融。宋君烧得一手好菜，每当炒好菜，趁他回屋拿东西之机，我辄尝尝，有时被主人看到，也报之一笑。1997年，他举家迁福建漳州，后来则无音讯。昨天才获悉，博士后出站后，又去福建师范大学。今天，驱车送他去机场，感慨之余，口占一绝，以作纪念！

人生何处不相逢，相逢当珍惜！

别友人

秋风细雨浸芳菲，千里高原冷翠微。

容易别离恨难见，送君折柳何时归。

甲午年八月十六日

人在明月楼

似水流年堪回首，一声叹息不解愁。

无边落叶风满地，人在悠悠明月楼。

乙未年十一月

与慧琴品茗

参会偷得半日闲，与君对酌醉成欢。

可堪此景梦中有，何日品茗共悟禅。

步赵义山教授诗韵赋西宁春色

弱柳东风剪，小园花事忙。

梨樱娇秀眼，桃杏正分香。

芍药初芽露，金梅已点黄。

夜来风乍起，枝头媚清凉。

附：赵义山教授原诗及序

　　清明，余自蓉归，见吾小园中李、梨结子，春事半了，因恨归来迟迟。唯橙蕊浓香诱人，可喜。而琵琶小颗，樱粒待红，又好鸟呖呖，园蔬青青，可补遗恨，作五律。

惆怅别离久，园中春事忙。

梨花已育子，橙蕊正分香。

青涩琵琶小，樱桃微泛黄。

明朝怎忍去，一枕今宵凉。

与张京阔别廿年后相逢在固原

负笈长安初见君，笑谈月下正青春。

繁华尽落秋风舞，塞上相逢情意真。

壬辰年八月十七日于宁夏固原

和义山师兄秋日诗

兄家小院嵌金琉，墙角素英香满楼。

硕果芳华酬岁月，春光不负醉清秋。

附：义山师兄原诗与序

　　余家小园，橘黄柚绿，各逞其娇。橘树枝头，既果实累累，金黄诱人，又素花朵朵，幽幽散香，花果两艳，不得不醉矣！

我家园里桔金黄，仍见素英散幽香。

难得芳姿终不老，既怜春色恋秋光。

乙未年二月

贺有源书院周年庆

其一

莫道河湟重岭锁，有源西海又一春。

朝听孔孟望明月，暮诵诗书润苦心。

树蕙滋兰数九畹，传经布道久辛勤。

弦歌不缀论今古，桃李丁香映茂林。

其二

云淡天高雁阵行，晓风传讯满河湟。

三江源头木铎振，湟水河滨雅韵长。

丁酉年十一月十七日

其三

河湟多嘉木，有源筑松林。

栖居风尘里，歌咏旷世襟。

妙解圣贤语，书院奏雅音。

同道发浩叹，悠然忘古今。

东风拂弱柳，好雨润柏荫。

一载携手行，兰蕙知苦心。

西海春波绿，昆仑碧玉新。

把酒言欢处，谁知白云深。

依韵和张进京先生丁香诗

儒雅张兄情意长，寻芳河岸热衷肠。

君诗读罢如饮酒，十里犹闻绮蕊香。

附：张进京先生原诗五瓣丁香

素心应讬白云乡，不贪红颜向艳阳。

温柔善解昨夜梦，为谁消瘦为谁香。

己亥年五月

酬鹿鸣诗社诸君

2008 年冬，与学生创办鹿鸣诗社。

诗赋文章论古今，风骚情韵更凭君。

此生不负青春色，西海昆仑大雅存。

戊子年十月初四

赠鹿鸣诗社学子

河湟山水新，有鹿唤泉林。

呦呦传千载，萋萋满地芩。

校园晨光曲，吟咏暖和春。

学诗风雅颂，仰望李杜魂。

十年辛勤久，辗转觅知音。

手植三亩蕙，兰若共芳心。

庚子年闰四月

赠亚玲师妹博士毕业赴内蒙古任教

三载同窗塞外行，灞桥折柳古今同。
而今各有滋兰艺，难忘春风化雨情。

和邵登魁博士端阳诗

深锁群山凉爽地，还寒乍暖过端阳。
河湟谷地清风扫，沙枣门前杨柳长。

别夏凤师姐

冷雨难敌相见欢，深情化作雪满天。
河北青海万千路，从此相思梦里还。

步韵和张兄进京先生牡丹诗

馨香墨蕊何处由，万紫千红一并收。

风雨莫惜随地过，折来簪上美人头。

附：张兄原诗

萼蕊商量开自由，锦绣馨香一齐收。

临风欲检洛阳谱，几声山雀唤回头。

与姐秀清春日看雪

琼英本自盛瑶台，一夜东风寂寞开。

起舞翩翩自曼妙，河湟春色梦中来。

酬路雪彩师姐和诗

心海慈航渡己身，天涯枯草作三春。

寒冬料峭且将去，春光乍到万象新。

与淑英相别

话别商州细雨蒙，同窗情谊载心中。

婆娑泪眼相望远，绿水青山伴孤程。

读寒露小朋友《易水送别》文有感

易水送别出国策，唐诗汉书渲染多。

千年往事云烟散，西海忽闻慷慨歌。

新疆行之咏同学情谊

关山飞渡无重数，半是访贤半缘君。

相见匆匆归去急，阳关翻唱不为今。

新疆行之与丽蓉夫妻相聚

秋声雁鸣水云间，深锁重山路万千。

未诉相思泪满面，与君梦里唱阳关。

致母校陕西师范大学

木铎声振八水①滨，翰墨辞章道义存。

雨润杏坛育兰蕙，天涯桃李万千春。

注释：①八水，原指渭、泾、沣、涝、潏、滈、浐、灞八条河流，它们在西安城四周穿流，均属黄河水系。西汉文学家司马相如在《上林赋》中以"荡荡乎八川分流，相背而异态"，描写了汉代长安上林苑之美，后有了"八水绕长安"的美称，此处"八水"指代长安。

致陈安仪先生

其一

儒雅陈老情意长，一生大爱润河湟。

君文读罢饮清酒，雪里犹闻梅送香。

其二

曾是清华一才子，风流俊爽写心声。

壮怀天下赴疆场，志在家国唱大风。

经历磨难不言苦，只缘心有厚爱成。

无悔青春歌西海，九三赤胆一书生。

与姐秀清赏校园大丽花

丽花微雨展朱颜，独立清晨风满山。

夜久小园霜露重，秋阑翠叶落轻寒。

徐娘装扮贵妃醉，不减牡丹动宇寰。

际会光阴原自在，浮生可堪问前缘。

答友人

古城风满晨烟朦，微雨小园细草丛。

莫道庄周蝴蝶梦，鹅黄枝上貌相同。

君知北地花事晚，新柳河边媚好风。

春尽江南入西海，碧桃明日别样红。

贺朝晖博士毕业

长安大道梧桐老，波影小池初有姿。

几度春风秋雨后，个中况味独自知。

绿荫已漫文渊顶，犹见娉婷吐蕊迟。

幸会朝霞沐晨露，绰约荷盖擎高枝。

贺陈老米寿

历尽风霜骨似松，繁音听过耳犹聪。

心怀大爱人康健，若谷胸怀万事容。

学继清华德望重，闲庭信步雨微濛。

西宁亲友喜相贺，祝福九三米寿翁。

母校陕师大文学博士点设立三十年

卅年甘露，树蕙滋兰。

扬葩振藻，嘉卉满园。

雕龙绣虎，华彩溢天。

抱道不屈，拥书自雄。

雅训千古，木铎振声。

满园桃李，时沐春风。

他乡山水

萍

斜风细雨落圆叶，萍碎一池无定缘。

浮世薄情君莫叹，月光在水可参禅。

癸巳年六月

威海晨光

隐隐青山匀抹黛，渔船点点荡晨钟。

天光云影共鸥鹭，一面海水四面风。

丙申年八月二十日

玄武湖荷韵

一湖秀色半抹匀，摇曳风姿绿短裙。

雨洗胭脂残梦里，偎依私语逗秋痕。

丙申年八月三十日

他
乡
山
水

153

长安秋色

迎面秋风微觉凉，香积寺内佛塔旁。

暗香盈袖沁心底，霜浸菊花银杏黄。

丙申年九月

阆中古城

四山环绕一江流，造化偶成古阆州。

欲览千秋风水地，请君登上玉华楼。

丙申年九月初四

咏九寨风光

九寨天高淡晓烟，秋光惹眼透轻寒。

巧织仙子彩丝线，锦缎绣成铺满川。

丙申年九月廿七日

咏 梅

当年偏爱腊梅香，常忆君颜细柳旁。

不语祁寒着树末，经年不见韵流长。

丁酉年十二月初四

贵先君游东湖

东湖碧水和风绿，十里清波任君游。

蒲稗相依敛眉眼，荷花耳语叹风流。

己亥年五月

咏蜡梅

北风凋落山野萧，雪里芳华更见娇。

玉净花明枝上秀，凝寒香气眉眼高。

金陵之秋

金陵佳冶地，风过桂花香。

银练秋江静，长空鸥鹭翔。

平湖秋月

落日尽余晖，平湖冷翠微。

苍茫山野阔，秋月照人归。

与忠民、红丽同学香山赏红叶

才看二月花，又赏三秋树。

四季多嘉容，诗心苦不足。

不叹花期短，何悲繁霜露。

花开黄鹂鸣，叶红秋风舞。

万物顺自然，独与造化俱。

燕赵抒怀

古来燕赵多奇士，慷慨悲歌叹别离。
河间遗韵诗风在，雅颂抒情重比兴。

登北固亭

无声细雨润江南，一缕桂香天地间。
北固金山甘露寺，临风犹念是稼轩。

咏　荷

落日熔金暮云璧，一池菡萏自芬芳。
四围寂寂秋风地，唯向芦花诉衷肠。

同茂儿赏荷有寄

乙未年仲夏，携茂儿赴石家庄探望恩师夏先生，后转道北京，于颐和园赏荷作。

夏荷香远翠荫浓，粉蕾轻言叶底风。

晕染湖光淑碧水，莲心深谙一菲红。

新疆行之车过鄯善

从来墨香知鄯善，古韵流芳水悠悠。
而今识得真面貌，大漠深处一绿洲。

新疆行之访吐鲁番

天山雪水育甜瓜，葡萄似珠满人家。
谁家少女翩翩舞，曼妙轻姿榴裙纱。

新疆行之赏曼舞

石榴裙衩俊模样，金丝小帕俏鼻梁。
蛮腰玉臂清风舞，一片彩霞映绮黄。

新疆行之绿洲

茫茫戈壁黄沙，片片绿洲人家。

明年春风吹度，梦里犹见飞花。

新疆行之车过门源

绿色晕染前川，难描水墨门源。

身后戈壁渐远，心情贴近乡关。

他乡山水

163

蓉城雾

重霾晓雾蓉城锁，缥缈恍然域外天。
视力难及两米远，搓麻声浪过云烟。

香山红叶

暮雪晨霜万树愁，漫天落叶恨悠悠。
簪黄红袖西风里，不叹韶光不恨秋。

与晓彧、胜利同学赏中南月色

终南深处茂林幽，花开花落几春秋。
坐听泉水出山涧，石上月光心底流。

汉俳习作

高原花开

江南三月雨，高原昨夜舞春风，花开五月中。

西海春波

江南杏花雨，西海春波伴雷声，河边杨柳风。

梦里春归

春来不见花，梦里绿荫满天涯，芳心醉流霞。

辛卯年二月初一

湟水桥别君

今日罢宴欢，执手相送湟水桥，幽恨起心间。

春日送别

春归却别君，不见花开已凋零，微雨染黄昏。

注：汉俳又称俳句或俳律，是诗苑小型的律体诗，也是极轻捷的一种文学
形式。古代中国的绝句，东传扶桑之后，演变成日本的俳句。其实，"俳"
是地地道道的华夏艺术，由于按照一般律诗的格式加以铺排延长而成，故
称排律。

词林拾萜

踏莎行 · 盼春

深锁重山，烟笼轻雾，殷勤望断春归路。黄昏愁起恨悠悠，为君憔悴芳心苦。 绿染江南，斜风细雨，双飞燕子听私语：闻说北国路迢迢，何曾舍得青枫浦。

壬辰年二月十六日

水调歌头 · 送学生泽亮归乡

长恨离愁苦，歧路诉衷情。满川新柳洗雨，难驻蜀州行。意气纵横年少，指点江山万象，谈笑意难平。鹿鸣聚才俊，雅韵逸高城。 而今后，长路浩，雨相迎。旅程漫漫，潮起江海可莫须惊。昔日读诗谈赋，击节歌咏饮酒，壮志气如英。万里鲲鹏举，遥看舞龙鲸。

壬辰年闰四月初六

汉宫春·中秋

草色烟光，看四围晕染，湟水流东。昏鸦乱飞衰柳，断雁西风。高楼望远，尽天涯、不见归程。明月夜、凄清满地，乡思泪眼蒙眬。　　回首小园花影，有供桌好酒，果蔬烛红。母亲把香月下，暗诉深衷。平生遭际，淡云轻，遥寄崆峒。千万恨、心头减却，唯慈颜对林枫。

壬辰中秋　西宁

一剪梅·牡丹

国色天香巧扮装，晕染腮庞，轻点花黄。宛如青帝嫁新娘，翠叶流芳，裁剪云裳。　　夜半笙箫笛韵长，萦绕西厢，倾诉衷肠。眼波顾盼唤梅香，美貌清扬，醉了心房。

癸巳年四月十五日　西宁

小重山

秋到河湟秋色深，丽华竟奇艳，半抹匀。红装秀面媚清晨，
娇无力，恰似一番春。　　一夜雪染身，琼枝弄疏影，醉花魂。
移情别恋为问君，湿双眸，着意步芳尘。

甲午年九月十九日雪

小重山·青岛逢刘惠

携手长安会紫薇，春风把酒醉，敞心扉。四载来去如鸿雁，
秋色里，浅笑胜芳菲。　　别后愿无违，相逢齐鲁地，看朝晖。
深情共逐彩云飞，殷勤意，轻诉海风吹。

乙未年九月初二于青岛

忆王孙·酬长姊秀清

风紧河湟飞燕少，秋已重、水天空渺。漫山霜叶绘成图，看不够、
无限好。　　海棠枝头颜色老，经风雨，无论花草。不弹古调唱悲凉，
何须恨、天光早。

丁酉年九月初六

醉花阴·赏雪

料峭春寒飞雪骤，一树琼枝秀。三五俏佳人，语软情嗔，雪里映红袖。　风流云散人归后，恰友情依旧。独自赏烟霞，心愫万千，低问君知否？

醉花阴·春雪

雾起云飞寒依旧，日晚风雪骤。空里舞姿轻，娇媚几分，惹得行人逗。　昆山琼玉着衣袖，却引红酥手。醉眼看琼英，梦有清魂，误挂池边柳。

醉花阴·雪柳

薄雾轻云飞雪后，银色出岩岫。珪素满乾坤，瑶玉松林，枝上琼华秀。　鹅黄育蕴春光透，唯暗香依旧。雪里数谁娇？湟水河边，垂柳娇羞瘦。

醉花阴·花事

总把花期掐指算，季末初相见。细雨润粉蕾，碧树婆娑，花气溢清婉。　丁香凝紫熏风散，袅袅芬芳远。闲步赏烟霞，多事春风，摇落衣衫满。

好事近·秋

露起晓风寒，门外黄花争艳。晕染平川秀野，看枫林红遍。

天边雁阵过霜风，归去音声老。遥望家山岑寂，叹人间秋早。

蝶恋花·悼念夏师

虐雪终风寒彻遍。念我恩师，怅望无由见，人道蓬莱仙道远，烟云袅袅神难辨。　　著述一生书夙愿。思量几番，自是功名浅。耿耿银河萦秋夜，星残月冷水幽怨。

汉宫春·春日采摘

常忆当年，共雅兴意韵，初见芳容。寒枝阅尽霜雪，一影孤鸿。人生愁苦，最难说，千万情浓。算看尽，桑田沧海，等闲岁月匆匆。　　今日惠风和畅，问乡村野老，何处春红？拟向小园摘采，车过城东。绿茵佳处，堪寻访，人瘦词工。闻笑语，风光十里，归来月色朦胧。

附：春晖堂读诗心得

一

一个人品读诗歌，品其味，用心感受诗人之心，体悟诗歌之情，融入诗歌之境。给学生讲诗歌，则是另一种方式。最忌摘章寻句，使诗歌支离破碎。更恨断章取义，使诗意荡然无存。讲授诗歌，重在将学生引入诗歌的意境之中，使其用心品味、体会、感悟，达到诗我一体的浑然世界，其终极的意义则是在诗歌中安顿自己的心灵！此时，教师淡出教学场景，彻底退出现场视域，独立窗前，面对斜阳。讲诗歌，意在呈现对诗歌的深情和对诗人的真诚！

壬辰年九月廿七日

二

美学家朱光潜先生曾以古松为喻，论及人们的三种于物态度：科学的态度，即古松为何物，年轮多久，属性如何；功利的态度，即古松的材质如何，能为何物；审美的态度，即淡去古松为物之性，而见其苍劲之美，赋予人的意志和情趣。读诗亦如是。此诗谁为，因何而有？这是科学的态度；此诗意义如何，作用多大？这是功利的态度；此诗美在何处？于我心有戚戚焉，是审美的态度。然而，我以为，品读诗词，若仅仅如此，定不得诗。

读诗应有第四种态度，那就是生命的态度。这是超然于诗歌的特性、价值、审美的态度。即不刻意寻求诗意，以获得审美快感，而是将诗歌视作活泼泼的生命，从客观化的审美对象中解放出来，寻求诗歌的本然意义。彻底去除主观的态度，构成与我的生命息息相关的灵动世界，恢复诗歌的生命。此态度，不是为了获得关于诗歌的知识，也不是为了获得审美的意义，而是将自己的生命安顿其中，去体验生命的愉悦，感受生命的富足！

用生命的态度读诗，就是放弃主观，放下自我的关照方式，将心灵放逐于诗歌的境界中，游曳其中，荡尽尘滓，洗尽浮华。沉潜在与诗构成浑然的生命天地中，悠然自得。王维《辛夷坞》中观物的态度应若是：

木末芙蓉花，山中发红萼。

涧户寂无人，纷纷开且落。

壬辰年九月廿七日

三

我不会写诗，却心向往之。人人皆有诗心，但不一定都能写出好诗来，其才情有高下之分。然善赏佳篇，能鉴好诗，亦是一能事。

对待好诗，如面佳人，倾心艳慕，与之神交，瞬间获得美丽无限。读诗，偶得一、二感动处足矣，此时，便幸福圆满，满心欢喜，感慨万千。此情常有，此恨永存，寻觅佳句，终不可得，最恨言语浅，不如人意深。而偶读一首诗，与我心有戚戚焉，感动之余，热泪盈眶，不也很幸福么？虽己不能言，然他人已言尽，似从自己心头流过，亲切如故。

今晨读贺铸咏荷之作《踏莎行》，起初觉得并无奇巧，然读到"当年不肯嫁春风，无端却被秋风误"时，心起万端思绪。人生诸多遗憾，何不因当年选择的失误而致呐！不论事业、环境、婚姻。如今，无端怨恨秋风吗？抑悔不该当初吗？掩卷细思量，纵万千言语，无法言说，若是强说，则是幸亏当年未嫁春风！

壬辰年九月三十日

四

翻开中国诗歌，扑面而来的是浩荡的生命忧思。春去秋来，大自然在无穷尽的轮回中，永远散发着年轻的力量。而人呢，这个万物之灵长、宇宙之精灵却死不复生，一去无返。行走在四季里的古典诗人，以敏锐的诗心感受生命之美的同时，也体验生命无望之悲。滚滚长江，浪花淘尽、千古风流人物，更况芸芸众生呢？谁能经得住时间的磨洗呢？谁能挡得住岁月的利剑呢？"朝如青丝暮成雪""朝为美少年，夕暮成丑老。"青春在猝不及防中匆匆凋零，看那镜中的自己，又丑又老，巨大的悲伤岂能掩面横涕了得？宇宙间最深情的人，从出生之日起，就遭受心灵巨大的创伤。目睹亲人逝去，却无能为力。甚至面对陌生人的死去，死亡真真切切地被我们见证，一次次触痛柔弱的心灵。在一遍遍的追忆中，承受生命之痛。

"行迈靡靡，中心摇摇。"《诗经》中的诗人踽踽独行，空旷的原野上，那清晰的足音，从遥远的周代传出，穿越时空的隧道，敲击在每一个人的心坎上，知其之悲，而又无法言说。千百年来，谁又能知道他内心的隐忧呢？"知我者谓我心忧，不知我者，谓我何求。""悠悠苍天，此何人哉。"这不是周人的天问吗？难道还有比这更痛彻心骨的发问吗？自《毛传》以来的经典诠释者多认为此诗抒发宗室之悲，或谓亡国之痛。于是，诗歌被冠以"禾黍故宫之悲"，曾经对此深信不疑。然而，如今读来，却知昨非。

如果，我们相信经典诠释的合理性,确立它"宗室之悲"的主题，但不能至此了。我以为，充斥诗歌的并非仅仅是故宫凋敝或王室式微之悲，其中渗透的依然是强大的时间。神秘的造物主创造了人间繁华，却在一夜之间将其摧毁，这是人力难及。诗人悲悼的究竟是什么呢？似乎很难说明。然而,生命意识是不可削弱的主题。

打开《诗经·小雅·苕之华》，轻轻触摸每一句诗行，巨大的生命之痛扑面而来：苕之华，芸其黄矣。心之忧矣，维其伤矣。苕之华，其叶青青。知我如此，不如无生。"掩卷思量，怎样的困境使得诗人发出"知我如此，不如无生"的呼号！《毛诗序》:《苕之华》，大夫，悯时也。幽王之时，西戎东夷交侵略中国，师旅并起，因之以饥馑。君子悯周室之将亡，伤己逢之，故作是诗也。"《诗序》的解释总是将诗歌附着在某一个历史事实上，难怪后世反序者不乏其人。人来到世界上，承受苦难、接受磨难是宿命。人心虽然柔弱，但是最富有承受力的非它莫属。因为战争、因为饥荒而如此怨恨吗？

我们再来细读"苕之华，芸其黄矣。心之忧矣，维其伤矣。苕之华，其叶青青。"诗人以由繁盛之华而芸黄起兴，赋予诗歌浓浓的生命意识，只有时间悄然流淌于心灵，消解了昨日青青生命带来的欣喜，其黄而陨的现实冲击着诗人脆弱的情感。"心之忧矣，维其伤矣。"弥漫在心间的唯有绵绵忧伤，如丝如缕，不可断绝。

既然时间不可抗拒，与其徒劳地悲伤、沉沦，不如让自己顺应自然的规律，欣赏它极神秘而生机勃勃的美。流连在四季里，富足在每一个此在。春夜月光下袅袅的细柳，夏夜树影婆娑，秋夜蛰虫低吟，冬夜白雪飘飞。黑夜里，明月皎洁沉默，馥郁的生命静默无言，满月在梦里升起，爱情在心底悄然萌生，合奏一曲宇宙间美妙的乐章，生命获得了极致的美，此在妙不可言！

　　与其徒劳地以一己之固执悲叹时间之无情，不如打开心扉，接纳万象，置身于万物流变的时间秩序中，体会万物生生不息的伟大力量，感受生命的律动和诗意的情调，纵化大浪中，将一己小我的生命融入巨大的宇宙中，使生命获得诗意的安顿和当下的圆满

　　时光流转，我们应时而安排生活。不可将自己埋葬在春天里，更不能老死在秋光中。惯看春花秋月，喜赏秋叶冬雪，也是欣赏生命历程之美丽！

壬辰年十月十二日

五
诗的存在与诗意的表现

　　诗，是任何一个民族历史上诞生最早的艺术形态。它伴随着人类而诞生，没有文字的时代，以口传的方式存在，有了文字以书面的形式保存。无论是哪一种古代文学史教材，编写者在论及关于文学起源（诗歌起源）的原因时，总是引用唯物主义的观点，解释劳动对文学起源的作用，常借用鲁迅的观点，中国最早的诗

歌流派是"吭育"派。有一些编写者则引用西方的文艺学原理予以解释，诸如模仿说、心灵表现说、巫术说等等，越解释越使人陷入迷茫之中，徒劳的言说终究走入绝境，所有的理论苍白无力。

那么，究竟诗是什么呢？它有怎样强大的力量和伟大的人类同生呢？

诗，是人类把握世界的最佳方式，亦是观照世界的方式。宇宙神秘莫测，自然周而复始，万物生命生生死死，一切不可用理性去把握、去解释。也许，理性能够解释有限的空间，而对于无限的宇宙，理性显得虚弱无力。庄子言："吾生也有涯，而知无涯也。以有涯随无涯，殆矣！"面对浩渺无涯的自然宇宙，人类有限的智慧则无言以对。人的理性是粗疏的，而宇宙却微妙神秘。世界上最精微的、最神秘的存在不可用智慧去把握，而只能用情感去把握。"官知止，而神于行"，混茫是宇宙的真实状态，在诗意的观照中，自然的神秘、伟大、奇美展现在人面前。人用诗歌去尽情地赞美他、崇敬它、描述它，在此中并获得无限的欢愉与完满。

人是宇宙之子，宇宙之友，自然的情人。人用最本真的方法感知宇宙，把握宇宙，亲近自然。诗歌，是人类唱给宇宙自然最淳朴的情歌。她的存在，不为诠释自然现象，不去揭露宇宙规律，而是表明人与自然的亲密关系！

壬辰年十月十四日

后记

仲夏，窗外满目葱茏，一片欣欣然。桌上浅蓝色的诗稿清样散发出淡淡的墨香，和着诗行流溢的温情与浪漫，抵达心湖，如微风吹拂，泛起层层涟漪，记忆的闸门被打开，与这些拙作有关的人和事纷至沓来。

眼前的《素儒诗选》是我的第一本诗集，它的诞生与我的父母密切相关。我的父母，都受过良好的高等教育，他们有深厚的古典文学修养，这在他们那个年代的确不易。我有一个幸福的童年，父亲讳名朝玺，字印选，是一位知名的藏学家，曾任教于兰州大学边语系、中央大学少语系，生前在青海民族大学藏文研究所工作，是《格萨尔王传》的翻译者。闲暇时，父亲给我讲仓央嘉措的诗。虽然，那些浪漫的诗歌早已还给时间，但依稀记得，在故乡清凉的夏天，父亲曾描述仓央嘉措的叛逆个性和满腹才情，一本彩色诗集上，身着绛色袈裟的诗人雪夜出行图印在脑海里。母亲姓朱讳名兰英，是民国时期青海省立第一女子师范学校国文系的毕业

素
儒
诗
选

186

生，任教于湟源的一所学校。母亲是一个极聪慧的女子，一生钟爱文学，擅长医学。受时代的风云变化，母亲失去了钟爱的教学，下放到父亲的老家——湟中县李家山乡纳家村生活。故乡空阔的小院，成了母亲的学堂，我是她唯一的学生。农闲时，母亲给我读《红楼梦》，说"三国"，讲《镜花缘》，论"老、庄"，吟诵唐诗宋词。我的童年在母亲的爱和文学的滋养中度过，幼小的心灵徜徉在文学的海洋里，吸吮着古典文学的营养。一颗灵动的诗心被滋养，一个浪漫的梦想被孕育。

幸运的是，我考入陕西师范大学中文系，开始了文学之旅。大学毕业后，我进入高校工作，并从事中国文学的教学工作。这一生，有幸与文学结了深缘，读书，教书，也写诗。我从来不以诗人自居，也很少投稿。在我看来，诗人是非同寻常之人，他们有敏锐的目光，有慈悲的心肠，有宏大的情怀。《毛诗大序》言："诗者，志之所之也。"故"诗言志"成为中国诗学的开山纲领，也是诗之宗旨。诗之"志"不可为小志，关乎天下苍生、社稷江山。陆机《文赋》所云"诗缘情而绮靡"，意在诗歌在言志时，亦可摇荡性情，动人心弦。然而，我写诗，仅为遣情，"志"不过是一己之所感，"情"乃一己之所思，不可不谓之小。生活在升平时代的我，有一个幸福的家庭，有一份喜欢的工作，生活中的小悲小喜，总挂怀；大自然中的一花一草，总关情。诗于我而言，是用来抒写日常情思而已。我深知，如果一味地用诗来记录自己平庸的生活，抒发平淡的情感，这似乎辜负了"诗言志"的诗学精神。

生活中总会发生一些事件，让我们重新审视人生、体察生命。

母亲的去世，是我平庸人生中的大事件。永远忘不了 2001 年 12 月 1 日，那天，我失去了母亲，失去了这个世界上唯一疼我的人，我第一次直面死亡的恐怖。那个冬夜，母亲躺在红十字医院冰冷的病床上，我用脸贴着母亲的脸，一遍一遍呼喊着"妈妈"。母亲去世后的那个冬天，我陷入深深的悲痛，难以自拔。每当走在校园里，只要看见一个跟母亲相像的老人，眼泪夺眶而出。回到家中，抱着母亲生前穿过的棉袄，嗅着母亲独有的气味，心情便沉到了谷底，我的生活一团糟。突然，在一个黄昏，垂泪的我，恍惚中听到了母亲时常开导我的声音："天下本无事，庸人自扰之。"那一刻，我如梦方醒，母亲再也不会回来了，我是一个孤子，流浪在薄凉的人世间。那个夜晚，我打开笔记本，写下怀念母亲的第一首诗。沉浸在诗歌中，诉说着刻骨的思念和痛楚。那个夜晚，似乎母亲就坐在对面，倾听我的轻言细语，抚摸我的心灵。那一刻，我体会到了诗的神秘性魅力，也顿悟了诗的伟大力量。从此，诗走进我的生活，走进我的生命。从此，我对诗的功能有了更加深刻的体会。

《韩诗外传》言："诗者，天地之心也。"《毛诗大序》云："动天地，感鬼神，莫近于诗。"在汉代人眼中，诗是人类最高贵的文体。梁代钟嵘《诗品·序》解释诗的功能说："照烛三才，晖丽万有，灵祇待之以致飨，幽微借之以昭告。"诗的神秘性如此，这与明代大儒船山先生《诗广传》中"诗者，幽明之际"的智慧论断惊人相似，他们将诗的意义指向神秘性。

诗的神秘，也是中国古典神秘主义智慧的所在。它所关怀的是万物生命存在的问题，是一种富有人文情怀的思想。它对生命意义的探寻，是熔铸人类最深沉的情思和最真诚的关怀，剔除一切功利，祛魅一切政治，以心灵探问宇宙万物的运行、生存以及人与自然的关系。实质上也是以最直观的诗歌形式把握世界，探寻生命真相。它要求超越功利、超越现实、超越个体的局限；超越语言，在想象思维所及的世界里，以人类最纯粹的心灵去感悟和体会宇宙的意。它在主客相融、主客同一的基础上诉诸人的感情，让人在直观感悟中去领会、把握宇宙的奥妙与真谛。直观中放下的便是自我的偏执，展示活泼泼的生命本真，以赤子之心和世界对话，和天地万物沟通，以此实现生命意义。

人用本真的方法，即诗歌去感知宇宙，探索生命，亲近自然。诗，是伴随人类一路走来最早的艺术形式，是人类唱给宇宙自然最醇美的情歌。她的存在，不为诠释自然现象，不去揭露宇宙规律，而是表明人与自然的亲密关系——"天人相通""天人合一"。这是我以诗抒怀的直观感受，是对诗歌精神的理解。诗集中许多诗，都是与生命有关的吟唱，与爱有关的赞美。

一个人在写作时，往往会受到自己所读过的文学作品的影响，有意无意间，或多或少中，难以脱离从事的专业。陆机《文赋》中说："伫中区以玄览，颐情志于典坟。遵四时以叹逝，瞻万物而思纷。悲落叶于劲秋，喜柔条于芳春。心懔懔以怀霜，志眇眇而临云。咏世德之骏烈，诵先民之清芬。游文章之林府，嘉丽藻之彬彬。慨投篇而援笔，聊宣之乎斯文。"这是作者对时空的观察以及人文素养的所在。生活中，滋养诗人才情的因素很多，有大自然四季更替中物色变化对人的影响，有优秀文学遗产的熏陶。"坟

后记

189

典"是古代典籍的统称，那些古老的文学典籍是巨大的宝藏，是文思取之不尽用之不竭的源泉。诚哉斯言！结合个人的写诗体会，《诗经》和汉魏六朝诗无疑是最重要的典范。多年来致力于古典诗歌的教学和研究，滋养了我的心灵，丰润了我的情愫。

诗集中的作品都是古体诗，也有部分词和俳句。之所以选择古体，与自己的喜好有关，与所从事专业有关，这显然是受古诗词教学的影响，也是一种尝试。古体诗大致分为古风体与近体，无论何种诗体，古体诗都讲究音韵和谐之美，尤其是南朝永明年间，随着声律学说的兴起，将四声引入诗歌创作中，如沈约说倡："欲使宫羽相变，低昂舛节，若前有浮声，则后须切响。一简之内，音韵尽殊。两句之中。轻重悉异。妙达此旨，始可言文。"自此以后，诗人作诗，遵循四声搭配原则，避免"八病"，追求"好诗语言圆美流转如弹丸"（谢朓语）。诗集中的诗，或古风体，或近体，都力求按照规则创作。其中部分近体诗，尽量遵照《平水韵》，无奈古风远逝，其中的平仄格式，韵脚使用等，诸多方面多有局限，毕竟我们难以回到古风雅韵的时代。在数千年后，若采用古老的诗歌体式写作，的确冒着一定的风险，要么流入老干体似的口号化，要么趋向顺口溜似的口语化。古体诗创作力求做到既不拘古，且不失古雅，这关乎个人的才情与古诗词的素养，何等之难！因本人才学疏浅，难免存在诸多问题，然而，心怀真诚，仅以此表达对古典诗歌的敬意！诗集是个人情感的载体，是个体生命的印迹。"春至家山"，多写河湟谷地风物；"黄昏独坐"，有关抒怀；"细雨梦回"，多为怀念亲友之作；"暗香有故知"，有关唱和赠答与友情;"他乡山水",为行旅之作。此外,"汉俳习作""词林拾葩"两部分内容,是学习俳句和填词之作,虽多浅陋,然亦收于集子中。

诗集取名为《素儒诗选》,与母亲有关。母亲字素儒,是她的授业恩师所赐。素儒与母亲的名讳兰英相辉映,是她老人家博学却淡泊一生的写照。母亲过世后,我沿用"素儒"这一美好的字,凡写诗都用这一名字,一是以此怀念母亲;二是因自己喜欢,我叫秀艳,总觉得名字过于艳,正好用此,略有冲淡;三是自己也希望能够做一名淡泊名利的儒者。诗集取名如此,更多是对先父母的纪念。世间有无数美好与温柔的时光,值得怀念。诗在际会幽明中,将我的心扉打开,在与彼岸世界亲人的默默相望中,心灵忽然有了沟通,不再孤独。诗在山程水驿中,观照生命的富足与浪漫。诗在或与亲友的私语中,或与古诗人的对谈中,慰藉心底的失落。

诗集出版,得益于友人相助,在此表达对他们的谢意。当我把打算出集子的想法告诉鲍鹏山兄长,并请他作序时,他当即答应,在序言中鲍兄多有勉励之语,使我备受鼓舞,才有信心出诗集。古琴学者薄克礼先生,虽与我仅有一面之交,但欣然为我作序,序中对拙作多有褒奖,令我感动。感谢青海人民出版社的田梅秀编辑,亦师亦友,是她读我的诗歌后,给予肯定,并热情鼓励我出版。在诗集编校过程中,偶有坎坷,是田老师陪着我一起解决,诗集能够顺利出版,她付出太多,深表谢意!感谢周涛老师的精心设计!有太多的人值得感谢,感谢马均先生给予的关心!感谢我的亲人,感谢我的学生,感谢我的朋友!

每一首诗，源自心底的吟唱。思念、感恩，赋予一个个平淡的日子温暖与光亮。多雨的季节，不期而遇，是我的忧伤。青青草，淌过故乡，思念在夜晚蔓延。春色漫过湟水，无边的绿，遮蔽旷野的苍凉。雨中的丁香，空结惆怅。千年的守望，只为绿肥红瘦的殇，合着明日满眼的秋黄……

癸卯年仲夏西宁·余闲阁